詩的500種吻法

曾元耀——著

前言

2009 年有位留法鋼琴家楊雅晴，在巴黎街頭展開邀吻的行動，當年轟動整個網路世界。她在無名部落格突然爆紅，我也成了她百吻紀錄的追蹤者。那時，我正在寫詩的風頭上，自然就以這百吻為標的，寫了幾十首短詩。後來無名關閉，寫吻的詩也就自然停寫。不過，後來因為寫詩的需要，又斷斷續續寫了不少有關吻的短詩，累計下來接近上千行。最近再回頭省視，覺得這些詩句很美，也很值得玩味，遂興起集結出書的想法。

法國傳奇女歌手米斯坦蓋說過一句話：「吻可以是逗號，可以是問號，也可以是驚嘆號。」。我覺得，吻也可以是連接詞，連接愛，連接感情，連接內在世界，也連接外在世界。每一個吻都有其內在感情的醞釀，不管是出於偶然，也不管是多時的感情表露，當中都有詩樣的成分流露，而這些詩樣的成分，若能以真實的詩句寫下，應該是一件美麗的事。

001

不知如何啟齒
那就以吻啟齒吧
我將以詩，溫習每一個吻
並記錄她的容貌

002

我找了一隻笨手笨腳的吻
偷偷喝掉妳酒窩裡的醉容
偷來的容貌，總需要一些時間來熟讀

003

整個春天
我都在準備一個唇
吻在春天的第一道雨

004

愛人的姿勢是愛的施捨
就像蜻蜓點水
吻痕處處，挑逗著
水過無痕裡的高音

005

女人要的是
當陽光在髮際攀爬時，
你就已弄好早餐
吻了我，上班賺錢去了

006

喉嚨裡尚未丟棄的情話
正經八百地
向著你的唇，吻過去

007

幾粒砂粒
很難成為一條海岸線
吻幾下，又如何成為一段愛情

008

每一個被妳吻過的
都不會忘記酒與哭泣

009

俯身向妳
嘔出濃烈的吻，那是
過去日子賴以維生的食慾

010

以吻

以鑰匙

以反覆溫柔

以千軍萬馬，偷竊妳的情

011

你的吻

已將你心中耽美的情

充分表現出來了

012

誰可以這樣吻我？
你可以
你的吻補足了我靈魂的缺陷

013

向妳喋喋不休的唇
索求一個安靜的吻
我將吻放入口裡，努力安撫
它卻愈加不乖

014

吻妳的最好方法，就是
假裝妳是別人的老婆
我只是代替他，吻妳

015

深情是由一系列的吻所組成的
抵抗外遇的最好方法
就是，妳要持續吻著我

016

海水快速淹過我的膝
沖走未及收藏的吻
並越過憂懼的抬頭紋

017

能吻一下嗎？我不是說春天
何處可以放置我的唇
成為妳的初吻

018

把所有的感動都押在一個長吻
近乎革命性的勇猛
妳以一個溫柔的輕嗯
浪漫回擊我的吻

019

風吻過窗簾
黃昏就悄悄回文

020

我是與雨滴相吻的湖
雨聲轟鳴
我被打得滿臉漣漪

021

我與妳的唇
隔著一場春夢，對睡
不知不覺中，已忘掉如何吻妳

022

誰又告別了一個曖昧不明的吻
誰又完成一次華麗的沉默
誰就開闢一條飛離現實的航線

023

我可以陪妳走下去
或者走回家
但先得讓我的吻，有路可走

024

然後雪來了，妳輕吻我的手
我用掌紋層層纏繞
妳的身體開始潮溼膨漲
是誰，允許季節如此碰觸我

025

許多落花
都像妳昨日的吻

026

你封箋的吻，就如
一句完整的謊言

027

如果人生只剩一公斤的呼吸
為什麼不能讓妳騙走我的吻

028

麻煩你
用你熟透的吻
從我的唇偷走羞澀

029

聽妳用熟透的唇
說遠方下雪的風景
妳從我的眼吻走燥熱
在我的心，攔住流浪的劍氣

030

在妳來不及抽回的手上
蓋滿了吻與愛
使它們成為生命的密碼

031

愛情，可以不設限
撐一下，就吻到了

032

妳的吻
可以將老舊的年齡
梳理得很喧鬧

033

妳的吻是我傾斜的方向
我不會讓一個吻
輕易察覺我心中的抉擇

034

女人吻過許多男人的心情
此時，正斟滿酒醉
看初吻如何日出
看做愛如何晚安

035

吻你的身段，吻你的腳程
咬碎你腳趾上的痛
探勘過往旅居的磨難

036

為了吻妳，我
必須走完心中起伏的稜線
並為每一個吻建立條碼
鎖進儲藏室，一輩子儲存

037

夜晚，妳的吻來盤查我的夢
從此我的魂魄將陽萎

038

視線太遲，唇太慢
當我吻妳時，春天已遠

039

時熱時冷的吻
一路羞辱我的矜持與善良

040

一定要讓
每個停息在妳臉上的唇
吻出所有的感情問題

041

霞光分流成細細的吻
滑過妳的絲絲白髮
梳理出一幅美麗的黃昏

042

記得要讓每一個吻

都找得到適宜裸體的位址

043

一陣熱熱的呼息與吻

呼嘯過妳逐漸發情的容顏

我在吻痕間，撿到妳的顫抖

044

把妳的熱吻

藏入我身體每一孔縫與穴道

儲存往後的激情與鬥志

045

一個吻走不到終點，是因為
情感失去季節的秩序

046

吻是一種奢侈的墳

047

以舌尖、以吻
來認證妳的感情厚度

048

妳的吻非常柔軟

宛若雲絮

無法承受任何情感的重量

049

引誘性慾

回到靈魂的最終計謀

就是一個輕柔的吻

050

一個熱烈的吻，重重地

趴在她深情的臉上

努力開挖她唇裡的寶石

051

自掏腰包，一遍一遍地吻妳
在吻與吻之間
我們沒有時間孤獨

052

將一個吻、一個吻予以縫合
我終究還是縫不出妳的愛

053

嚐遍人世間所有的吻
一時忘了漱口
所有的感覺就都蛀了牙

054

而吻，竟然是

無數個浪漫的意象

纏住了眼、耳、鼻、口

055

如果你的吻是動詞

它就會讓愛開出四季的花

056

妳用一個吻掃瞄了我的身體

從此日子都是傷痕

057

老式的吻裡經常布滿星火
一不小心就將愛情點燃

058

即使將我們的愛
燒成億萬粒灰
我也能認出其中的初吻

059

我的唇終於抵達一生最後的位置
一個女人的吻
此後，我的吻就再也不能
梳理其他女人的愛情了

060

她是南部人

他有下港的口音

所以兩人吻起來更契合

061

若是我吻的，我會註明，我會負責

若是他人的吻，我也會註明，但不負責

這是我的愛情觀，無須驗證也無須法律程序

062

沒有酒，我

就無法知道吻是多麼美

063

以吻輕輕刷過妳臉上的魚尾紋
讀取條碼上的感情帳款
我決定以一生所得來支付

064

以一個吻挑戰妳的舌頭
我將用過甜的吻
將妳的味蕾升級

065

努力咳出昨夜失敗的吻

066

同床而睡
吻是一件事，做愛是另一件事
吻是愛，做愛是性

067

把妳的吻叼在口中
卻不給它有傷害我的力量

068

對每一個吻都精打細算的愛人
失戀是必須付出的代價

069

妳的每一個吻
都能將我喉嚨裡的魚刺拔掉

070

愛是吻做的
耳朵是謠言做的
夜色就會是吵出來的顏色

071

即使在深吻之後，你也無法成為情聖

072

我的睡意被幾個熱吻所驚醒
一次次暖熱而踏實的吻
緊緊扣住我們的呼吸與心跳

073

我用吻打撈妳的情事
用一百種的吻來美化妳的唇

074

妳有 20 歲的酒窩、50 歲的吻、70 歲的高潮

075

妳用吻抹去我視野裡的塵土

076

以一個又一個甜甜的吻
在妳的臉上貼滿馬賽克

077

一直吻，一直吻
終於，找到妳的唇

078

妳的酒窩都還沒被吻一下
就滿了

079

明天的吻總是太晚
來不及養活今日的唇

080

深情的吻別
都有值得回味的場景

081

我吻了妳，姑娘
妳就無須對其他的男人說抱歉

082

借吻不還，比借錢不還，還令人痛恨

083

如果你來
你會很老派吻走我嗎？

084

在發情的 No.5 號香水刺激下
一個吻足以拯救男人

085

不小心偷了妳的一個吻
我才知道什麼叫做甜

086

妳在額頭上留下的那顆吻
可以頂住所有從天而降的恐懼

087

認真去了解吻的語言
妳就知道它是習慣性謊言

088

妳的唇齒
屠殺了許多男人的吻與勇氣

089

一定要記得，找一節山葵
磨好一酒窩的晚安
讓阿里山的夜裡，每一個吻都很俗辣

090

現在想起來，那口又濃又冷的純

一直都將妳的吻

冰封在那個失戀的場景

091

蓄積更多的愛

把吻浪費在妳的唇

092

妳身上的香味

一直在索求我的吻

093

事實上，我們的約會裡
沒有牽手，也沒有對白
只有許多許多的吻

094

在立德棒球場的外圍
在比我的記憶還遠的界外線
有許多的愛河熱吻，不停全壘打

095

同一張床，同一個夜
我們想著不同的吻

096

吻是一件戶外藝術
從不需要顧慮他人的眼光

097

每日、每月、每季、每年
我都用妳吻過的唇，說善良的話
用妳握過的手，安慰地球

098

當我無可救藥地吻妳時
即使地球不同意，也無計可施

099

把吻藏起來，把心藏起來
愛情只可以讓一個男人拿走

100

妳用許多的吻
編織我的靈魂，從此
我就不再有童年

101

不合唇形的吻
再香，都無法穿透我的心

102

姊的美，誰都說不上來的
吻了就知

103

擁抱了之後，才開始真情
接了吻之後，才開始愛

104

妳的吻應該是
銀河中最亮的星星

105

失戀時，要去找一個最熱的吻
告別身心的寒冬

106

自己的吻，自己做，自己吃

107

自從你偷吻了我
我已無法原諒我的深情

108

這樣輕輕一吻，是不夠的啦
我要的是，更多的重量和花樣

109

告訴我，你的哪個吻
可以終生信託？

110

你這個人啊
一押韻就不成詩
一吻就不像愛

111

妳的臉長著我愛人的笑
妳的唇長著我情人的吻
妳到底是誰，讓我神魂顛倒？

112

每天要用許多的吻
去吸走妳唇上過多的口水
唉，日子還蠻辛苦的

113

我需要妳給我一個吻
但不一定要有內容，更不要有情

114

一個吻是繫不住醒來的夢

115

不愛你，是因為你的吻

藏了實情，而不是真情

116

一個吻的時間，剛好足夠藏匿我的侷促

117

我活著是為了討好女人，所以
我的每一個吻，都經過特別設計
因人而異，沒有固定品牌

118

吻了我，你能知道我的愛嗎？
吃下我的料理，你能知道我的心嗎？

119

對於美食，尊敬是什麼？
就是，快樂地吃它一口
對於女人，尊敬是什麼？
就是，深情地吻她一下

120

妳嚐了我的吻

就要小心翼翼約束妳的食慾

121

海浪是太平洋的打手

吻是愛的打手

122

當妳是浪漫的

我就有許多可以隨意單點的吻

123

自從吻變成自動詞之後
我的酒窩就有很多愛在浮潛

124

我將早安黏在前額
把頭向妳伸過去
經常就有一個吻，或是春天

125

你不會在吻到最熱點的時候
記得我的惡

126

我們的吻還有縫隙

但剛好可以容納一個希望

127

要在明天規劃小日子

有好懶的午後

有好吃的吻

還有超長的黃昏可以演練愛

128

你經常吻我的唇

但你吻的只是歲月的皺紋

129

唇上的傷痕深刻
這說明了，昨夜有獸的吻在此睡過

130

翻閱情書，從妳的第一個吻
開始學習愛

131

我的吻易碎
還請小心使用

132

妳使用多年的吻

若能給我用，還是很鮮美的

133

我用妳的吻，佐證我的存在

134

我給你一百公斤的愛

妳只須給我一公克的吻就可以了

135

一個吻不僅僅是一個吻而已
它包裹了所有愛的語言

136

等待一個吻時
不可讓眼球來搶戲

137

不要告訴別人，你有吻我的企圖
直接吻下去
讓他們看結果

138

吻不需解釋

解釋多了，就像嚼蠟

139

接吻，我永遠都要比別人快一步

140

一般人大多戀舊

但這並不妨礙他們另尋新的吻

141

好的吻，從頭到腳都是甜的

142

門可羅雀的吻
代表妳周遭的男人都老了

143

不懂拒絕的女人
她的吻只是一種應酬

144

把妳的唇，吻成一頓深情的早餐

145

沒有感情，就算再給我 100 個吻
我都　不　想　要

146

會吻的男人令女人期待
但未來的日子會令女人頭疼

147

不喜歡被吻的人，通常也不喜歡吻別人

148

飢餓，你選擇了速食

饑渴，你選擇了速吻

前者辜負了食物，後者辜負了女人

149

吻的時候，要懂得扮豬吃老虎

150

任由你的吻
把我身上的罪惡輕輕洗去
不留痕跡

151

請妳以妳的吻縱恣我的愛

152

讓詩句來到唇邊
輕言細語，低聲說著吻的密碼

153

以吻叩唇，那彈回的音品
如霧裡的鐘聲

154

你的吻是一座山
落石不斷打在湧動的呻吟

155

以一個吻，反抗冷冬

156

穿上睡衣
施打一劑鮮嫩多汁的吻
就可以換來一夜的酣睡

157

多長的休止符都無法阻斷妳的吻

158

我們並肩走向同一個黃昏
扮演彼此的愛人，擁抱並深吻
然後各自回到自己的夜晚
等著美好的夢抵達

159

在吻與不吻之間
不過是一平方公分的寂靜

160

在這裡，在那裡
妳以吻輕輕碰觸愛裡的陌生
使靈魂成為天使

161

我的手已失去抓住妳的能力
但我的吻可以抓住妳的情

162

我一向是不偽裝的，吻當然也是

163

一個好的吻
它的體溫能持續加熱唇的冷感

164

請告訴我，如何收拾
唇齒上一個個落下的吻

165

黃昏的溫度是不是雲海的通關密碼？
而吻的溫度又是啥的通關密碼？

166

吻是一種早安
是愛人每日寫下的第一句留言

167

經由舌頭往復不停推擠、纏繞與伸縮
我的唇齒終於完成一次蛇吻

168

謝謝妳用一個吻修改了我的愛

169

把吻封入短訊
如此就可大鬧你的訊息

170

許多的吻就變成愛
許多的愛，抵不過
另一個輕柔甜蜜的吻

171

所有的吻都那麼相似，又都那麼相異

172

妳像投幣式販賣機
吻妳一下
就掉下太陽

173

請用你的吻在我的身上馳騁
並用熱情的吻，教導冰冷的唇

174

我向黃昏訂購一個落日
向星空訂購一條銀河
向妳的唇訂購一份激情的吻

175

請用妳陽光般的吻
拋光我臉上的老人斑

176

可以告訴我
哪一口的吻是最後的醉？

177

待我挪移青春
以更老練的吻向妳圍城

178

吻是一把有效的鑰匙
可以打開深鎖的愛情

179

重要時刻，燈，亮不亮已沒關係
你偷偷淹過來，淹過我的吻

180

通往妳的愛，僅剩下一個吻的隘口

181

以前愛一個女人
我就會給她一、兩個吻
現在我會在臉書
貼許多的吻給她，要多少，有多少

182

以唇拼音，拼出一個深情的吻聲
吻我吧！我喜歡這樣招待你

183

可以讓我用吻檢查妳的眼神嗎？
或者用吻，在妳薄薄的臉上
小心翼翼竊取了害羞

184

不管妳有多大的口氣
多大的奢求
我都可以用吻包攬下來

185

以一個吻當作斥候
妳在我的唇出草

186

我的吻在妳的側臉滑了一下
妳就開始返老還童

187

妳的唇，除了吻
真的沒有更好的事可做了

188

用掉整晚的吻
才把龜裂的唇弄潮

189

用詩記憶一個年代，用吻記憶一個女人

190

吻妳之前，要先動情

動情之前，要先謝天謝地

191

每一次的吻都很自然又很高調

所以妳都說：感恩

192

妳沒有留下任何話
只留下一個耐讀的吻

193

用吻回收妳的抱怨
用吻回收妳的淚珠
再用唇齒說出歪歪斜斜的愛

194

愛的祈望
都會選擇從一個吻開始
並在結婚時完成

195

請問，妳的吻可以續杯嗎？
妳的愛可以留用嗎？
可以借妳的耳朵報告我的銀行密碼嗎？

196

有一年的夜晚
我的青春被一個吻帶走
從此我就離開嬰兒床

197

你吻到的
是這個城市最美的風景

198

我有熱情的吻

你有柔軟的唇嗎？

199

當妳吻著我時

我不敢確認我的膽還在嗎

200

我知道吻的功用如何

呵呵，吻就像謊言

201

你吻到的，不是我的唇
而是我最柔軟的愛

202

吻妳，不僅是因為我需要吻
而是提醒我，今天是情人節

203

女人大都不用去理解的
你只需吻上去就好

204

一朵花能枯萎幾次
一個吻能柔情多久
真相啊，永遠不敵幻想

205

我是人，我要吻；我是獸，我要獸吻

206

吻是醒來的夢
我將從妳的吻走向妳的愛

207

觸電有什麼好怕的
我連妳的唇都敢吻

208

我們各自都有一副不老實的唇
但只要吻對了，不老實又何妨

209

你願意付出多少顆牙齒來獲得一個吻？

210

我有兩種吻
一種是吻了，她沒感覺
一種是吻了，我沒感覺

211

吻，叫了整晚
還是沒有完成所有程序

212

妳的吻是愛的修補劑
為什麼這麼久才能吻到妳？

213

妳在臉頰上放置各種價碼的微笑
等待合適的吻來購買

214

像一個吻，上面黏滿糖粉
妳吻我，我就輕易相信鬼話

215

妳的話比妳的吻難懂
妳的吻又比一首詩難懂

216

與妳的距離大約需要三個吻的長度

217

妳的身體適合讓一個深情的吻
拾階而上

218

緊閉嘴唇，不讓任何未經許可的吻進入

219

躲進貓鼻頭公園，在銀河下
每有一顆流星，就許個願
然後閃電吻妳一下
居然就把妳的害羞找回來

220

妳的吻相當犀利，我以舌極力阻擋
最終落得唇亡齒寒

221

以幾個跳 Tone 的驚嘆號
掛在吻的前面，去與妳的唇約會

222

用甜的吻、色的眼
為你特製一床待用的愛

223

妳的吻是明日的遼闊
妳吻過的世界，都是我的身體

224

去吻，沉默地吻
去愛，沉默地愛
愛情都是默默開始的

225

口唇若是吻過，就須再用感情養
把過往的吻疊起來，就是婚姻

226

妳的吻，像耳光一樣
打得我臉紅耳赤

227

沒有非吻不可的唇
明日醒來，都已陳舊

228

心甘情願被妳的吻決定我今天的情緒

229

藉由一個浪漫且不肯妥協的吻
我把妳的情擺平

230

人們能輕易忘記隨手招喚而來的吻
彷彿那只是雲淡或者風清

231

愛情應該是一千個吻疊起來的模樣

232

我一直忌妒有人可以具備善吻的能力
尤其是那種很文學的模式

233

只要有人記得我的吻
我就會繼續以最美的唇形
養活我的吻

234

妳以吻拭去我眼裡的問號

235

吻，是一種輕觸唇齒的沸點

236

我給他笑聲，他選了吻
然後我們坐下
從浪花太冷談到星星太高

237

剛完工的吻馬上就被鬥嘴所拆除
妳的吻，咬碎了我的天涯

238

妳的吻，擅於將跼促不安的措詞
修剪成工整的愛

239

為了塑造一個高貴且浪漫的吻
我以風月裁剪我的靈魂

240

妳的每個叨叨絮絮的吻
都是惡毒的鴉片

241

被雨水洗濯過的，才是窗景
被吻處理過的，才是顏面

242

你的吻，跑啊跑的
就跑進我的嘴裡
愛人的吻遂成了我的迷幻藥

243

一個吻，很輕易就將退潮變為漲潮

244

刮傷臉頰的
是吻？
是時間？
是你離去的眼神？

245

吻妳，就是在吞食世間的美

246

若能用光影抹去時間的斑駁
我就能以吻翻新愛情的老邁

247

在口水之中，所有的吻都稀薄了

248

當黃昏靠過來時
我的眼神就是妳的海
落日會抒情我的吻
妳就會有足夠的愛守夜

249

感情的變動很緩慢

一個吻足夠撐住千年

250

最後的那個吻，像歲月的迷宮

一輩子都走不出去

251

將妳的吻作為一個支點

我的愛，就可撐起整個世界

252

把妳的唇抬高，再抬高

就可以碰到一個吻

253

你在做什麼？

我啊，我在雕刻一個適合妳唇形的吻

254

我照例用一口陳舊的吻

去妳的唇齒撒野

255

西瓜是甜的，苦瓜是苦的
香瓜是香的，榴槤是臭的
你的吻是對的，我的唇是錯的

256

你用一個吻，舉起了我的一生

257

妳輕輕用一個吻
將一座山的雄偉拉平

258

感情啊，不過就是為了找到那片唇
可以讓你不顧一切吻下去

259

前幾天幫妳整形好的吻
一使用，又打回原形

260

妳的唇是我的吻的永久住址

261

沒有足夠的愛情讓你
用你的吻來玩俄羅斯輪盤

262

我的情一如我的吻
經常是大面積與多色調的

263

把那些愛的唇印
一一吻上她的素顏
並且貼上永久保鮮的標籤

264

若我早起，我可以去妳的睡夢中
等待一個原諒的吻嗎？

265

妳用兩片柔情的唇
輕輕合起一些美好的修辭
然後寫下一個吻

266

有人要求我以吻
證明我的熱情，愛情
從來不是用吻來決定溫度

267

派遣我的吻去品嚐妳的唇齒
並緊緊咬住妳的愛

268

妳的唇語和我的夢話不停吵嘴
每次吻後都很傷感

269

當我的吻逐漸逼近妳的喘息
妳還會感到寂寞嗎？

270

決定愛妳的方式
也就決定吻妳的方式

271

吻是代表春情啟動的行為
但是，一個吻是養不起恆春的愛

272

擁抱妳是犯罪，但吻，不是
都已經吻下去了，有差那麼幾次嗎

273

你必須深入無人涉足的愛情
進行最美妙的偷吻

274

在歡樂的時候，我准許你
以舌尖決定吻的方向與溫度

275

寫詩或不寫詩，吻或不吻
都是一個魚與熊掌的難題

276

我可以用我的吻
試用一下妳的唇嗎

277

好好洗淨妳的感情
洗去殘存的甜言蜜語
洗去他的吻所沾染的髒汙
洗去正在啃噬妳的悔恨心情

278

為什麼要走在與你吻合的路上
我的呼息已和山的脈動吻合

279

為什麼妳的吻
總是燙傷我的感情

280

不論妳採用哪一種唇形
吻了就收不回來了

281

用楓紅定義秋天的溫度
用櫻花定義春天的暖度
那麼，該用吻定義妳的什麼？

282

理論上，每一個吻
都有屬於它的唇型與故事
但妳的沒有

283

旱季到了
只能去認領那個等了好久的溼吻

284

男人的唇要咬住妳的吻
實在太輕易了
我不喜歡

285

我已歸順妳許久
妳擁有我的全套的吻
耳門掛著妳的全套嘮叨
我的未來全都交付給妳去管理

286

妳一定要調製一口香香的藉口
讓我的吻有發動的機會

287

要想了解我，就需多吻我
吻我，是進入我的最佳途徑

288

決定吻妳或不吻妳
是道德在決定

289

要做一個成功的男人
你真正要做的，就是想辦法
將你愛的女人吻到手

290

吻得很曖昧、很隱諱
這樣的愛情不會有光明

291

一隻貓闖進我的生活
馬上被我的吻撂倒

292

做錯事不會壓垮人
吻錯人，會

293

遇見不喜愛的吻，每一分每一秒
都應該後退、再後退

294

是不是吻不到的吻才有遺憾？

才會讓人念念不忘？

295

安靜的吻不是沒有情緒

而是，內心正在波濤洶湧

296

不吻的人，其感情往往是兩個極端

要麼無情，要麼深情

297

睡前一吻是我愛妳的每日小禮

298

以唇翻譯妳的吻
再以舌尖叫醒妳的感情
喉嚨總是做了過多的詮釋
以致呼吸不順而窒息了

299

當你對一切都無所求
認真地把每一個吻做好、做滿
愛情自然到來

300

一片飄落的葉，屬於風
一個等待出發的吻，屬於妳

301

長椅的那端坐著一位老男人
正在慢慢數著記憶中的吻
怎麼數都數不完

302

深情地俯視妳的唇
嘗試看清吻的意義
妳的吻是無法解讀的語言

303

妳的唇語和我的夢話不停吵嘴
每次吻後，都很傷腦筋

304

吻是一種打開鈕扣的先行姿勢
當我的吻逐漸逼近妳的喘息
妳還會感到寂寞嗎？

305

給我一點點時間
讓我將不及格的吻
添油加醋，烹調成一個可口的吻

306

我有正確的愛，卻有錯誤的吻

307

那些未及實現的吻
無分輕重，都將被收進檔案夾

308

聽到吻移動的聲音
沒有人告訴我，該怎樣接受一個吻

309

我確認明天以後，有人會來吻我
儘管我不知道他是誰
我就是有這信心

310

我彎下身子吻了花
卻讓夏天生氣了

311

妳要愛上一個吻的任性
一個任性的吻可以改變女人
重寫一切愛情規則

312

青春時期所犯的錯
都可用幾個吻來抹平

313

妳的吻說明妳的愛
妳的吻是愛的黑洞
吸光所有的情感

314

做好每個吻，就是做好一個愛
再忙，都要給妳留一個吻

315

妳的美是我用吻慢慢雕塑出來的

316

行事曆上有一個吻需要處理
找一個吉時良辰
去將她娶回來

317

有無數種的謊言
但你吻我的那一種，我最愛

318

來來來，打開你的嘴巴
讓我修復磨損的語言
重新安裝溫柔的吻

319

青澀的口齒太稚嫩
沒有足夠的口水
可以潤溼一個吻

320

當然可以，我可以在銀河裡守護妳的吻

321

吻把我們之間的距離縮短了
才知道愛，可以這麼緊密

322

自從被妳吻後，我的青春就老了

323

我不喜歡明朗的吻
也不喜歡老僧入定的吻

324

要是沒有妳的唇
我的吻如何能夠浪漫起來

325

竟然這麼決絕
妳居然與吻過的每一個唇都斷交

326

在接吻很久以後，才發現吻的是老婆

327

年輕的唇想必還不會
使用「不要」、「不要」之類的表達

328

我的愛只有妳的吻可以倚靠

329

你的吻讓我的防備趨於無助且單薄

330

以眺望遠方來避開

妳臉上限時促銷的吻

331

Pub 的音符偶爾走調

酒味沒有浪漫

吻不再抒情，心情持續磨損

332

油門直接踩到底是靠近妳的最好方法

而吻不是

333

吻了妳會難過，不吻更難過

334

很想商借妳的吻一下
讓我的愛圓滿

335

你還有一枚遲遲尚未領取的吻
留在我遲暮的臉

336

風鈴花開時，要吻就吻，要愛就愛
愛情與花季就像文學與詩句
都是即時且當下的

337

你給她一個吻
她立馬還你一個吻再加一個擁抱
這樣的女人不適合當朋友
但可以當情人

338

把一個吻反覆美化、練熟
隨身攜帶，是愛情的保證書

339

無趣的吻
不是吻了就想睡
要不然就是
吻的時候一直想喝水

340

吻的甜度怎麼算？
啊，就像如人飲水
吻了才知

341

我決定被你吻
不是因為我要，是因為我很需要

342

關於吻，雖然你學得很慢
但是後來你的吻，既專業又多情

343

到站，就要下車
留下的唇，自然有他人的吻取代

344

吻是很辛苦的事
幫我按下暫停鍵吧

345

開口就說我的吻很厲害
這種人往往沒有可吻的唇

346

有人要求我以吻來證明她的存在

347

我派遣我的吻去檢視妳的唇齒
並鑑定是否屬於極品

348

妳的吻，在我的傷痕塗上油彩
弭平痛楚，且讓其漸漸明亮

349

在初吻的時候，我已把所有的感覺都存進去了
此後真是無感又無言

350

妳的唇把吻從動詞顛覆成驚嘆號

351

用吻潛近情人的臉

並從她的唇提取復活所需的語言

352

呵呵，這麼簡單

一個吻就可點燃妳身上的火

353

吻是情書的暗語

兩份唇齒接合，讓吻成為誓言

354

每種唇形的背後

都隱藏著一次吻的記憶

355

妳可以用一個吻，在我的唇上圓夢

最剛好的唇，是從妳的吻，發現愛

356

曾經把吻放在妳的唇上

測試感情的溫度

那天之後，那個吻就涼了

357

我仍在找一條合適的措辭
可以概括說明我們之間的吻

358

今天我們的對話非常豐美
只差一個吻，就是戀愛了

359

最強悍的愛，只能被妳的吻收服
所以妳經常以吻作為逆襲

360

跳躍的吻路過沉默的唇

就長出了情話

361

很多人專情地在聽妳說話

其實只是在等妳一個吻

362

守好妳的唇齒，守好妳的聲音

就可以寫好吻的對白

363

和愛人溝通，只需要吻和擁抱

364

沒有一杯酒能留住任何一句酒話
沒有一個唇能留住任何一個失戀的吻

365

傻傻的笑，經常是吻妳的副產品

366

只要妳還愛我
即使與妳的吻失聯一輩子也沒關係

367

要讓夢境起色，就需要預先
在枕邊安置好許多甜的吻

368

當吻被寫進詩中，愛就會遠離戰爭

369

你若能記得那個很久以前的吻
就對得起我的愛

370

希望你是愛我才吻我
而不是吻我才愛我

371

但願從未習慣妳的吻
也就不會習慣妳的貪婪

372

季節慢慢、時間慢慢
日子就會生下了吻

373

滿口仁義道德的人，大致都不懂得吻

374

情緒高昂的人，吻的格局都很強大
情緒低落的人，吻的格局就是很弱、很冷

375

低調的女人，行事都很保守
但吻起來卻很可期待

376

太在意細節的女人，吻起來令人憤怒

377

敏感的人，吻一次，就有雙倍的快感

378

天主保佑的唇遇上阿彌陀佛的吻
會是怎樣的火花？

379

若你一直都在辜負女人
女人的吻也不會善待你

380

歡樂先於吻抵擋妳的唇齒
我的吻，經常是大面積與多色調的

381

把那些愛的唇印一一吻上她的素顏
並且貼上永久有效的標籤

382

若你早起，你可以去我的睡夢中
等待一個原諒的吻

383

你的短髭經常不熟練地逗弄我的吻

384

愛情從來不是用吻來決定溫柔
也從來不是以吻守住愛

385

聽歌時，不小心被一個音符撞倒
原來那是妳吻我時的啵音

386

將兩片柔情的唇輕輕合在一起
以美好的修辭啟動一個吻
然後複寫在妳溫馴的小嘴上

387

忘記將食指擋在唇前
我的吻終究失身

388

在吻與吻的斷裂處
就可找到所有失聯的愛

389

擦乾嘴角旁的詩句，從此我的吻不再有愛

390

有經驗的人經常會用唇齒去解析一個吻
釐清其中謊言的濃度

391

雨滴不停攻擊傘的阻截
就像我的吻，不停狙擊唇的拒絕

392

妳的唇型很完美
只差我的吻，就可極鮮妳的微笑

393

偷偷將去冰的秋色傾瀉在妳的唇齒中
就有多情的唇可吻

394

逆行妳的年齡，回到青春的日子
去收回被遺棄的吻與真情

395

很抱歉，我只能以好市多的吻
來折抵愛的遲鈍

396

精神錯亂時，每一吻都是真情

397

魯莽又熱情的吻
讓愛情走了好幾季的春天

398

妳用最純潔的吻，反芻我的愛

399

你的吻姿很壞

但是壞得很固執、很有味

400

洋娃娃凝望著我，我慢慢靠過去

她突然給了我一個吻

401

嘴唇不斷造反，一直將妳的吻推翻

402

妳的吻住在我的唇上已生活了好幾年
我還是不很了解妳的情

403

妳經常能用老練的唇，觸發了最好的吻

404

你的告白髒兮兮，都不會說謊
我要用好多吻才能擦乾淨

405

最後一個吻被用掉後
我們還要談戀愛嗎

406

剛剛才戰勝一個女孩的吻
馬上又被另一個女孩的吻打敗

407

一整瓶紅酒的酒醉程度
不及吻妳一次

408

吻只不過是電光石火的噴口水

409

我的吻逐漸熟悉妳的唇
以及唇後面靦腆的笑

410

你將繼續依循過錯而行
還是追隨我的吻痕而去？

411

有些吻從未被使用
有些日子從未被住過

412

一口溫潤的唇
可以吻也可以不吻
但總的方向，是往愛的方向嘟嘴

413

只要是吻同一種的吻
便是一樣的愛了

414

享受被愛情帶領的步伐
感動都在未知的下一個吻

415

以舌尖掏洗妳的吻
尋找妳的過往愛情身世

416

妳的吻洗去我臉上的風塵，洗出一排的淚水

417

給我一個吻，我就會寫出一千首情詩

418

有些晚安就像塗鴉，只是符碼
而有些晚安就像吻，吻在心坎

419

是我的吻，是我的擁抱
讓你遠行時，一路有詩

420

每個吻至多一個舌尖的分量
太多就奪了口感

421

關於吻，讓妳失落的人
怎麼可能只讓妳失落一次

422

任何吻，只要你誠心接受，就不痛苦
任何吻，吻到最後，其實結局都一樣

423

情慾寫在臉上的人，吻功都很差
而能夠控制情緒的人，吻功都不是一般的好

424

成功的吻就在於
能完美解釋吻與情之間的關係

425

睡前錯過啜飲一個吻
睡不著覺，又能怪誰

426

用吻修改好彼此爭執的嘴型
可是妳的舌尖還是在我的吻中叛變

427

吻得深情，即便簡單一吻
也能濃烈有如伏特加

428

記得要用誠實的吻，去探索愛的意義

429

愛情被截成兩段
中間以一個吻黏合
即使上氣不接下氣，也能留下伏筆

430

古代的人接吻是用文言吻
現代的人接吻是用白話吻

431

一個吻如何承載愛？
就讓迫近妳唇齒的吻成為諾言

432

我唇齒上的吻
可以被許多男人使用
但只能被一個男人拿走

433

當妳無緣無故吻我
我就知道愛的礦脈就是妳了

434

為什麼戴假睫毛的女人不好吻？
因為啊，吻會先撞到假睫毛

435

透支的吻要用無數倍的情來償還

436

以戰止戰，以吻止吻

437

經驗值強大、感情值含量高的吻
常決定女人的命運

438

從這一刻起

我把初吻留給你

如果你有詩，記得告訴我

439

我們慢慢撤離矜持，撤離傲慢

直到臺北的春天野了

440

春天就該相擁在長椅上

聆聽守候許久的纏綿

並思索如何偷渡一個吻

441

我們輕輕點燃愛火
吻在陽光
世界就此忘掉吵雜

442

陽光在妳的眸上亮了一下
再見，我的愛人
我將守護妳
守護每次征戰前，妳給我的吻

443

當你的眼簾垂下
我就遺忘晴朗的天空
當你的愛在唇上輕輕停了一下
我就摟住一萬年的迷戀

444

來！嘟起嘴
輕輕碰一下純真，羞澀逐漸後退
再吻一下無邪，愛情就熟了

445

不要嘲弄春天
這只不過是一次美麗的甦醒
讓開花的唇，吻在青春與遺忘的交界

446

你逐漸把頭低下來
把白色的吻貼在蒙娜麗莎的心跳
將我的紊亂舔平

447

對著期待的吻
你希望是什麼口味？
如果暗戀的羞澀可以打開熱情
那麼請你掬乾我豐腴的唇

448

坐著等待愛
或毒藥
或一個吻
你總是小心翼翼彎下整個夏天
燙熱了我靈魂的寂寞

449

墊起腳跟
我向滾熱的夏天索吻
你以挑眉的唇形
一下子就清涼了午後的陽光

450

誰能阻止陽光的野性擁吻
我以戰慄的姿勢
種植浪漫，收穫熱情

451

青春在草坪上翻滾
我吻著你們裸足的私語
笑聲拂過 101 高樓
揚長而去

452

傾聽愛河，凝視流浪中的憂傷
你的吻靜靜走過
把所有的輕佻帶走
剩下一些無法睡去的夢

453

傾聽遠方的楠梓仙溪
你的吻在黎明中靜靜走過
把城市所有的髒帶走
留下一些醒不起來的美夢

454

臺北的陽光懶洋洋地
看著淡水河如何繼續嫵媚
你以綠色的吻
看我如何維持矜持

455

告訴我，妳為什麼要挑逗我的靦腆

一個甜蜜的吻啟動生命的驚慌

無法掩藏的愛

四散奔逃且無法熄滅

456

讓我們秘密坐在愛河畔

讓憂傷一如流水逝去

讓遐想繽紛未知的夢

讓我刻下妳的吻

讓我愛

457

臺北的雨洗刷不想回家的足印
寂寞靈魂穿越古老的雨絲
留下燃燒的吻

458

長廊的日光傾斜
你的吻也傾斜
在詩的盡頭
向我注入成熟與華麗

459

這一刻

時間泊在長長的黃昏

是不是可以向你借一抹冷酷

來鎖住熱騰騰的吻

460

被發現的憂鬱在吻與吻之間

反覆再見

你永遠要記得

唇印裡有我殷殷的眷戀

461

當我吻著妳時
不小心打開你瑰麗的眸底
許多感傷的眼淚
正低著頭匆匆逃家

462

這巷子太靜，秋天太遠
我們的吻
在舌尖舞芭蕾
在轉角把玩春天
然後，假裝靦腆

463

霧來時
一小段神秘時間的浪漫
在她靈魂底層刻劃醉容
吻遺忘了臺北

464

時間停頓在夏天
在淡水河的右岸
我不停傾吻著
妳肢體邀約的一段惆悵

465

忽然醒在一段憂傷的旋律
我們重複吻著藍藍的音符
並述說悸動的夢囈

466

淡水河的水，流著嘆息
我則傾聽並吻著
一段來不及成熟的愛情
越過那座橋，青春不再回來

467

相聚與別離一如黃昏與晚霞，總是令人嘆息
每一個夜晚我都用夢來抵抗妳的微笑
再以吻來擦拭夢境

468

不知吻來自何處
所以我們去中山北路的櫥窗尋覓
然後將豔遇藏在香奈兒的包包
偷偷帶回家複習

469

當兩個身體融為一個身影
你的吻輕咬我的唇
壞壞的人兒啊
你就這樣偷渡春色嗎？

470

小舟滑了出去，滑到妳的腰間
就有浪花翻閱我們的吻
並在沙灘寫下一首晚唐小詩

471

當黑夜與白天交換一個吻
我們就把天空打開準備接待風暴
可是陽光總愛坐在懸崖邊
偷偷對我們笑

472

在沙灘來回尋找遺忘的熱情
我們的吻隨浪花修改唇形
太陽嫉妒起來
狠狠地在我的腰部捏了一下

473

當愛沿著髮絲移動
我就還妳一座教堂
再還妳一個亞蘭德倫的吻
妳告訴我，所謂愛
只是前生，無法忘掉的，一次豔吻

474

夜空有許多率性的流星
我該如何繫住他的腳程
如何讓他不再跋山涉水來吻我

475

今天有點冷

早晨的天氣是

夜晚的吻，也是

476

妳真的不需要一個吻

來告訴妳，愛是什麼

愛與吻之間常不是等號，而是對價關係

477

有了笑容，唇就得到吻

478

以不言不語，來挺好妳的熱吻
再用更多的吻，來餵養妳的愛

479

你的吻，緩緩離開
但印痕還在，情感就還在

480

每當夜色啟航
雞尾酒就會啟動我的吻
我該如何在妳的唇上安放這個吻？

481

結束擁吻的，往往是開啟這個擁吻的人

482

要讓男生一直吻妳的秘訣

就是不斷給他鮮甜的唇

483

不要用女人的吻來證明自己的帥

484

他只懂兩種吻

這個要吻，那個也要吻

485

妳的吻是無法致人於死，但會窒息

486

有時候我只想寂寞
更多時候，我想要熱吻
熱吻總是帶給我
更美的辭彙與夢想的方式

487

一直在想，如何把吻
藏進妳的唇齒細縫
使它更像詩，充滿愛的意象

488

我想吃熱吻
但又怕妳給我涼拌
我的午餐從來
不拒絕一個熱吻的食量

489

經常在妳的唇
預置幾枚誤讀的吻
讓吻汲走惴惴不安的焦慮

490

一切尷尬的產生，都源於吻的誤讀
誤讀的吻，有時是旱災
更多的時候，是水災

491

三月時因為花開，我忘了呼吸
而四月，你的吻嗆了我的舌
五月還要把你的髒話消化掉
化成一口痰吐掉

492

你的吻有潮汐的節奏
能將雜沓的情意
瞬間馴化為陣陣的快感

493

唇齒的柵欄後面
情感的浪水陣陣沖擊
把一個尚未成熟的吻
驅趕出去，飽受驚滔駭浪

494

塵埃若是落在唇上
就需要吻來擦拭

495

我在熱鬧的臺北星夜，找到妳的吻
那是被人使用過、餿掉的吻
怎麼辦？那就吻別吧

496

妳以一個不告而別的吻
拭去臺北的風景
而夜，從此開始冰涼

497

妳的吻突然呼天搶地
攻擊我即將開啟的唇語

498

十一月起開始慢動作
時間的絮語變冷
吻像鎖，把所有的感覺都喊停

499

我不能給妳的唇太多的吻
深怕以後會失真
等來年春天，感情都長好
我就會朝妳走去，輕輕吻妳

500

尚缺一首最完美的詩來圓滿妳的吻

讀詩人174　PG3106

詩的500種吻法

作　　者	曾元耀
責任編輯	吳霽恆
圖文排版	黃莉珊
封面設計	王嵩賀

出版策劃	釀出版
製作發行	秀威資訊科技股份有限公司 114 台北市內湖區瑞光路76巷65號1樓 電話：+886-2-2796-3638　傳真：+886-2-2796-1377 服務信箱：service@showwe.com.tw http://www.showwe.com.tw
郵政劃撥	19563868　戶名：秀威資訊科技股份有限公司
展售門市	國家書店【松江門市】 104 台北市中山區松江路209號1樓 電話：+886-2-2518-0207　傳真：+886-2-2518-0778
網路訂購	秀威網路書店：https://store.showwe.tw 國家網路書店：https://www.govbooks.com.tw
法律顧問	毛國樑　律師
總 經 銷	聯合發行股份有限公司 231新北市新店區寶橋路235巷6弄6號4F 電話：+886-2-2917-8022　傳真：+886-2-2915-6275

出版日期	2024年10月　BOD一版
定　　價	280元

讀者回函卡

Printed in Taiwan

國家圖書館出版品預行編目

詩的500種吻法/曾元耀著. -- 一版. -- 臺北
市：釀出版, 2024.10
面；　公分. -- (讀詩人；174)
BOD版
ISBN 978-626-412-000-5(平裝)

863.51　　113014209